子魂の花

Kodama no hana

秋村 遊

Yu Akimura

文芸社

子魂の花

とても寒くて、冷えた夏の昼間だった。

なぜ、昼がこんなにも寒いと思ったのかは、わからなかった。

でも、確かにわかったのは、自分は捨てられた「要らない子」なのだということ。

なんで、今となってこれだけ頭の中で喋れるのだろう。

そう思った。最初に父が僕を暖炉の中へと落とした時、この感情が父への憎しみの感情だと、はっきりとわかった。

母体の中で逃げ回った末に、僕は疲れ果てて外の世界へと誘われた。だけど、僕の誕生は喜びの雨に降り注がれることはなく、自分自身の容姿がはっきり見えるだけだった。他人は、僕を見られることもなく、僕は燃やされた。

要らない子だった。

僕は名高い家族の初めての子供で、母のお腹に僕がいるとわかった時、それはそれで喜ばれた。母も、毎日毎日僕がいるお腹を撫でて、優しい声で子守唄を歌っていた。性別ははっきりしなかったけど、父は跡取りが欲しかったためか、男の子を欲しがっていた。

唯一僕が反抗できない相手、父の圧力のある期待。

母はどうかというと、どっちでもよかったのだろう。男でも、女でも、「健康」であれば。

残念ながら、僕は幼くして反抗的な子供であったらしい。性別がだんだん判明していくとともに、僕の脳に何か異常があると認定された。母の「性別はどっちでもいい、健康であれば」という願いを性別不明の赤子である間に反抗してしまった。だけれど、母はそれでも産むと言ってくれた、愛すると言ってくれた。母体の中で話を聞いてた僕は、とてもとても嬉しかった。

その後の検査を繰り返し、脳の異常は深刻な状態であるとわかった。将来に人体に影響する脳の異常、病名はまだ僕の体の性別もわからないため、結局あやふや。

僕の病気を母が許しても、父は、それを許さなかった。

喧嘩が続く。口論ではない、割と犯罪になりそうな喧嘩。殴り合いに近いのかなと想像した覚えがある。母体が大きく揺らいだから、このままこの場所が潰されるんじゃないかと、本能的な恐怖を抱いたのも覚えている。母の手の温もりが、震えで何度も遮断された。

「大丈夫だからね」

泣いている母の声が、僕には少し不明な感情だった。感じ取って聞き取ってわかるけど、理解ができなかった。

ここを出たら、大人になれば、それを理解できるのではないかと思った。

だけど、僕が「出る」ということは「誕生する」という意味で、別に「無理やり鉗子《かんし》で引っ張り出して、母体から切り離してから、僕を殺す」という意味ではない。

僕はずっと母を見守ってきた、母も僕の成長を願っていた。願っていなかったら、毎日宝物を守るように撫でたりしないでしょう？　優しい声で、僕を抱きしめはしないでしょう?

だけど、父は違う。

正直に言うと、父のことはよく知らなかった。たまに喋ってくる大人の男という認識だけだった。目障りな存在になったら誰であろうと、何であろうと、自分の地位と名誉を守るために消す男なんだろうなと思っていた。

でも実際、その思ったことが本当だったとは、見当もつかなかった。というよりも、知りたくもなかった。母も、強い女性だと思っていたけれど、本当は弱い女性だった。何日か経つと、母は自分の意見を曲げ、父に渋々賛同した。

僕の処分が決まった。

どこかの病院に連れて行かれた。そこで僕は急に追われ始めた。何か怖いものに。

冷徹な何か。バケモノ。おばけなのかな？　でも、おばけの割にはとてもリアルだった。

冷たくて、鋭い。逃げても、逃れられなかった。

足を切られて持って行かれた。

手も、持って行かれた。

初めて体で感じた痛みは、繋がっていたヘソの緒を切る痛みではない。体を無残に引き千切られて、肉体が僕にとって無意味になる、形容しがたい痛みだった。

少しぼやけていた自分の容姿が、現実世界ではっきりした。

肉体と魂が切り離されたのだろう。

僕は死んだ。

幽霊になった。

だから軽くて、無責任でも「愛らしい」子供のような考え方が頭の中に思い浮かばないのかもしれない。なんせ、子供として、生まれて来られなかったんだから。

僕だった肉体の破片が、小さな瓶の中に詰まれて、蓋をされた。

「取っておきますか？　それともこちらが処分いたしましょうか？」

手袋をした眼鏡をかけた男の人が、瓶を持つと聞いた。

「そんな失敗作、誰がいるか。処分しろ」

父だと推測される若い男は、眼鏡の男を人間じゃないような目つきで睨みながら言い放った。僕の肉片を、人間だとも思っていないんだろうな。というよりも、ゴミ箱の中にある消耗品だと思っているんだろうな。母は、ずっと泣いていた。目を伏せながら。当時の僕は母を見て「思った」。

『何か言ってよ、僕、怖いやつらに腕も足も取られて痛かったんだよ？　今度は何をされるのかもわかんない。助けてよ、お母さん、ねぇ、何か言ってよ、泣いてなんかいないでさ。僕はここにいるんだから、何で泣いているの？　ねぇ』

どれだけ母の髪を撫でてみても、母は何にも感じられないようにずっと泣いていた。そして、母は泣きながら言った。

「わ、わた、私が、引き取りま、ひ、引き取ります」

母はしゃくりあげ続けて、顔を伏せながら、何度も頭を下げていた。

あの時は感動と憎悪で、僕の頭の中は混乱していた。

『僕の体をあんなにひどい目に遭わせて、それで僕の肉片を引き取る？　だったら僕、ちゃんと生まれて来たかった。何で生きた僕を引き取ってくれないの？　でも、死体だけでも引き取ってくれて、ありがとう……？　だけどやっぱり……』

『やっぱりお母さん、僕はあなたが、にくいよ』

父は舌打ちをして、母はそれに怯えた。眼鏡をかけた男の人が少しため息をつき、わかりましたと、丁重に僕の肉片が詰まった瓶を母に渡した。
「あぁ、光、ごめんんね、ごめんね、痛かったよね、本当にごめんね……」
母は、僕の肉片が入った瓶を受け取った直後に、瓶を抱きしめながら泣いた。何度も僕の肉体に頭を下げて。ちゃんと、僕を人間と認識してくれた母を、僕はどう反応したらいいのか、わからなかった。嬉しくて抱きしめ返したかったけど、同時に、こんな人間を抱きしめたいとは思わないと、唾を吐く自分もいた。ややこしい感情、しっかり自分の容姿が、自分で確認できる。だけど、他人はできない。

僕はこのままずっと一人ぼっちなのだろうか。


「帰るぞ、佳永子《かなこ》」

父は母の名前を吐き捨てるように言って睨んだ。

僕は、母の後ろで隠れるようについていった。ついて行く理由は、わからなかった。ただ足が勝手に動いたから、ついて行っただけ。

悲しそうにゆっくり、高そうな車へと歩いて行く母の手を僕は見る。少し、かわいそうにも思えた。あれだけ怖い人間に支配され続ける人生、僕には考えられない。そもそも、僕は生きたことはない、人間の世界とは切り離された、異物だ。
でも、人間じゃない世界もあるのだろうか？
車に乗る母の後ろ姿、ゆっくりで、何か大切なものを無くしたことに後悔する後ろ姿。
車に乗る父の後ろ姿、とても速く、母の大切なものなんかどうでもいいと思う後ろ姿。
二つの後ろ姿が、僕の心情をあからさまにさらけ出す。

愛と憎しみ。

それは正反対のものであるけれど、同時にとても似ている二つの感情である。
初めてちゃんと見る家はとても広くて、まるでお城みたいだった。父はコートを脱いで、ある人に渡して、そのまま上の階へと上がった。

強い音が聞こえたと思ったら、ある空間が平たい何かで閉ざされた。

「tおびrあ」

頭の中で言葉が走る。まったく意味が理解できない。

母はその「tおびrあ」とかの音を聞いたあと、肩を震わせて柔らかい椅子の上に座った。

「sおffあxあ」

まただ。わかんない。


何日か時間が過ぎていくにつれ、父はどんどん腹を立て始めた。そして、僕が母の中にいた時には、ちゃんと見ることはなかった「犯罪が起きそうな喧嘩」が始まった。

だけど、母は確実に弱っていて、父は圧倒的に強かった。

「子供はもう一度作ればいい、なぜその失敗作にこだわる？　わが苗字を名乗っているお前はこの家の恥だ！」

母は黙るばかりで、必死に肉片が入っている瓶を胸の中にしまいこんでいる。

「ホルマリンなんかその瓶に入れやがって、そいつはもう死んでいるだろ」

その言葉に母はハッと目を見開かせ、叫び返した。

「死んでなんかいないわ！　この子は生きてるもの！　ついこの前までは私のお腹の中で生きていたの！」

「今は！　生きてないだろう！」

父は強調した。そして、夫に向かってなんて態度を取るんだ、云々と続けて言った。また母は、自分の殻に閉じこもった。

「もう、こんなもの捨ててしまえ！」

僕の感情は、この行動に大きく左右された。

父は母を殴り、僕の肉体を瓶から取り出し、炎が燃え上がる暖炉の中に投げ入れた。

「いやああああああ！！！」

絶叫する母、

燃える僕の体。

　　　　ひが、ぼくのからだにまとわりつく。


父は「これで懲りただろう」とため息をつき、母は必死に暖炉から僕の体を救い出そうとした。

その時、僕は、今まで以上にこの家族に絶望していた。

暖炉の火を消して、母の手は火傷を負っていた。

母は何かから冷めたように、僕の体を見つめていた。

「ごめんね」

母は僕の体をまた瓶の中へと優しく入れ、家の外へ出た。また、理由もなくついて行く僕。

いろんな景色を眺め、母は「ホルマリン」という薬物が抜かれた、僕の体だけしか入っていない瓶を大切に持っていた。

橋の上まで来て、母は、もう一度、ごめんね、と呟いた。

「光、お父さんを憎まないでちょうだい。あの人はね、私が憎むだけで十分よ。あなたは私の光ですもの、闇に屈しちゃダメよ。憎むなら、負けちゃったお母さんを恨みなさい。天国で、元気でいてね。絶対、お母さんはあなたのことを忘れないから、愛しているから」

それで僕の体を橋の下の川へと落とした。

上を見ると、涙を流しながら、母は微笑んでいた。

「天国で、元気にいてね、私は、これで、やっと、解放される」

冷たい、川の中。

夏でも、あの家の中はすごく寒くて、暖炉に火をくべるぐらいだ。

でも、この冷たさはあの家よりもずっと心地よくて、もうこのまま眠ってしまえばいいと思った。

もう二度と、こんな世界に生まれたいとは思わなかった。


目を閉じた瞬間、誰かが僕の体をすくい上げていた。

僕の顔は涙でぐちゃぐちゃになり、なんで死なせてくれないんだ、幽霊なんかになりたくなかったと思うばかりだった。

「かわいそうね、あなた」

僕をすくい上げてくれた人は髪の短い女の人で、彼女は僕の肉片が入った瓶をゆっくり抱きしめた。

「私ね、あなたの境遇とは違うと思うけど、無くしちゃったの。女の子なのか男の子なのかもわからなかった。すごく悲しいの」

そう言って、その女の人は僕の体が入った瓶を抱きしめたまま、その瓶を家まで持っていった。

赤子を抱えているように。

僕の遺体は、その女性とその旦那さんが家の小さな庭で作ったお墓の中に埋めてくれた。丁寧に扱ってくれて、しかも、ちゃんと愛情を込めてくれた。


この二人が僕のお母さんとお父さんでいてくれたら、よかったのにな。


僕の体を埋めてくれた夫妻の名は廉田《かどた》というらしい。

廉田奥さんは、何日か前に流産をしたらしい。

流産って、僕にはよくわからないけど、赤ちゃんは無事に生まれなかったことなのかな。

でも、どうやらその子も性別がわからないまま、死んでしまったらしい。

その子も、僕と一緒、何かの異常があった。でも、お医者さんからして、その異常を見つけるのはとても簡単で、わかりやすかったらしい。

全体の筋肉の異常で、妊娠したあと、何日も動いていなかったからだと。

僕のお墓の前で、廉田さんが言った。

「もし君とうちの子がちゃんと生まれてきていれば、うちの春と友達になっていたかもしれないね」

そう言った廉田さんはとても疲れて、悲しい笑顔だった。これこそ、本物の「愛による悲しみ」だ。

『友達に……なりたい？』

弱った声が聞こえた。

『だれ？』

僕は聞く。

『は……る』

『廉田夫妻の子供の？』

『う、ん』

口を開いたそれは、部屋の片隅に、ぐったりと座っていた小さくて、無力で、生気がないもう一人の僕のような存在だった。だけどその子は僕と違って、本当に人形のように見えた。繊細で、触れたら壊れそうな、貴重品のように見えた。

口を動かすのが精一杯のこの子をみて、僕とこの子の違いがわからなかった。

『ぼぉ、く、は、りゅーざん、で、しぃ、んだ。き、みぃ、は？』

僕は自分の両手を見て、ちゃんと動くことを確認した。手を握ってみたり、開いてみたりした。

ちゃんと動く。だけど、この置物は、動かない。

この幽霊は動かない。

春は、動けない幽霊だった、僕と違って。口を動かす力もなかったのか、いや、幽霊になっても、体は動かなかったらしい。

僕はずっと人形か置物の何かだと思っていたけれど、この子が春だったのか。色がちゃんと発達していない薄茶色。薄茶色の瞳。

横たわっている。

『友達になりたい』

僕は答える。

『じ……ゃ、な、ろう』

指先を少々動かしながら、春は僕を見る。

今思うと、僕が他の幽霊に会うのは、春が初めてだ。

そこからいろんな「会話」をした。

会話と言っても、一度聞いたことのある言葉や、春が言ったことを僕はもう一度言って、会話を成立させているだけ。

『春』

『な、ぁに？』

『女の子？　男の子？』

『し……らなぃ』

『名』

『ど、っちも』

『僕も』

ほら、名前が女の子か男の子っぽいのか、どっちっぽいかという会話が成り立っている。

廉田家に来て、孤独が消えていくのがわかる。

小さな悲しみが、春のおかげで消えていく。

『春』

『うん？』

『悲しい？』

『……うぅ、ん。か、ぁなし、くなぃ』

『僕も、でも』

『でぇ、も？』

『お母さんとお父さん、悲しそう』

『う、ん』

『一人ぼっち？』

『ん、ん』

春が、頑張って首を横にふった。

『ふ、たぁり、ぼぉっち』

『ふたりぼっち？』

『うん』

『三人ぼっちのほうが楽しい？』

『よぉに、ん、ぼぉっち』

『僕を入れるの？』

『ん』

春が指先を縦にふる。僕は微笑んで、ありがとうと言って、指先をくるくる回す。ありがとうの印、春と作った。

たまに春の言っていることが聞き取れない時、春の指先を見ればどんな感情があるのか見てとれる。

指先を強く地面に叩いたら怒っている時か、拗ねている時。

複雑なパターンをやめない時は、迷っているか深く何かを考えている時。

パターンがはっきりしている時は喜んでいる時か、照れている時。

横は「だめ」か「違う」、縦は「うん」か「正解」のどっちか。

指先をくるくるさせている時は「ありがとう」。

指先を丸める時は「ごめんなさい」。

最近、僕もハマってしまって、どう言えばいいのかわからない時は、体を使って表現をする。

僕が元の家でなぜか思い浮かべた言葉、「tおびrあ」と「sおffあxあ」は、「とびら」と「そふぁー」だと言う。

春は物知りだなと僕が春に言っても、知ってて当たり前だよ、といつも返してくるけど。

春はとても優しくて、いい子だ。

すぐに親を憎むような僕とは違って、すごくいい子だ。

生まれ変われるなら、春と兄弟がいいな。姉妹なんかもいいかも。

春は結構女の子っぽいし。

あ、でも僕がお兄ちゃんで、春が妹ちゃんだったら、もっとしっくりくるかな。

春がお姉ちゃんで、僕が弟なんかもいいかも。

春、頭がいいからね。

廉田家に居座って、五年が過ぎた。

どうやら僕の元々の家は、幸せ満面状態らしい。

「父」は、どうやら納得していないらしいが、女の子が生まれたのだ。

「沙織」という名前をつけて「母」は「幸せ」だという。

何が幸せなのか、僕にはさっぱりわからないけど。

父は沙織の誕生日の日だけに家に帰ってきて、あとは全部海外で仕事をしている。

僕はあの家に生まれてこなくて、本当に良かったと清々した。あんな家に、愛情なんかないんだ。僕のあの家に対する思いは絶望を通り越して、もうすでに諦めという点まで達していた。

『イィの？』
春は僕に問う。
『うん。いいの』
『きょぉう、は、さぉり？　の、たぁんじょー、び、なぁんでしぉ？』
『僕死んでるし。行ったって何にもないよ』
たん、たん、たん、たん、たん。
春が珍しく怒ってる。
『い、っておい、で』
『やだよ』
『い、っておい、で』
たん！　たん！　たん！　たん！
『……わかったよ』
昼頃に、僕は五年ぶりに廉田家の外へと足を運んだ。

あの冷たい夏の日、溺れた僕の魂、体が腐らないように入れられた「ホルマリン」に浸かった死んだ僕の体。地獄の炎、暖炉。

沙織は今日で四歳になる。僕が死んだ一年後に、母はまた妊娠したのだという。今まで、沙織はどれだけ一人ぼっちだったのだろう。もし僕がちゃんと生まれてきていれば、彼女は一つ年上の兄か姉がいたはず、一人ぼっちなんかじゃなかった。

僕がなぜ「親の都合」を知っているのかというと、廉田家が住む住宅街は割と金持ちの所有家屋がたくさんあり、沙織の友達がよく通る道だからだ。

「沙織ちゃん、今日で四歳だね！」

「プレゼント、何がいいかな〜」

「ね〜」

「今日の誕生日会も、有名人でいっぱいなんだろうね〜」

「楽しみ〜！」

「美味しいご飯、たくさんあるんだろうね」

「それは当たり前だよ！　だって沙織ちゃんのお家……ねぇ？」

「私たちのお家と比べ物にならないくらいお金持ちだもんね！」

沙織の友人らしき二人が、笑って道を歩いていく。

どうでもいいけど、「ぷれぜんと」って何だろう。

僕は、その女の子二人の後をつけて、沙織の家までついて行った。

僕の家ではなく、沙織の家。

僕の家ではなく、あの悪魔二人の家。

もう夕暮れ時だ。日が沈んで、とても綺麗な色たちが混ざっていく。

景色はもうミカン色。いや、オレンジかな。

バナナ、ミカン、オレンジ、ブドウ、プルーン、それで夜空の黒。色たちが絶妙な色変わりをしていく。廉田お母さんが買っていた動物図鑑っていう本に載っていたカメレオンみたいだ。僕も、カメレオンみたいなのかな。人が僕を見られなくなるように僕は自分の容姿を色変えしているのかな？

また、大きい城の前に僕は立った。五年ぶり、だけど、すごい装飾がされている。

僕でもわかるよ、この装飾は普通の四歳児には絶対喜ばれない。大人、しかも金持ちが好きそうな装飾ばかり。まるでお城の外もお城のようだ。

男性はかっこう良さそうな「すーつ」というものを着て、女性は綺麗な「どれす」。色は綺麗でも、心はブサイクなのだろうな。

それで、僕の妹、沙織が家の外へと出てきた。

そして、みんな口を合わせて言うんだ、「お誕生日おめでとうございます」って。

さっき道を歩いていた女の子たちも、頭を下げて丁寧な口調でしゃべっている。

友達なのに、丁寧口調にならなきゃいけないの?

また、理解ができない。

「本日は、私の誕生日のためにお越しいただきまして、誠にありがとうございます」

沙織は皆の前に一歩近づき、笑顔で喋る。四歳になった女の子が言う言葉だとは思えないくらい、大人のような喋り方だった。

「皆様、ごゆっくりしていってくださいませ」

最後にそう言って頭を下げ、沙織は拍手の雨を浴びた。

「なんてちゃんとできた子なのかしら！」

「さすが、この家の長女だ」

「うちの子にも見習ってほしいわぁ！」

その他いろいろな褒め言葉が沙織にかけられた。来客たちは、母にも沙織のことを褒めて、母はそれに笑顔で対応していた。

笑顔といっても、すごく嬉しいという喜びではなく、「当たり前ですから」という笑顔だった。あの笑顔は、もし沙織がちゃんとみんなの前で喋れなかった場合、すぐに剥ぎ取られるだろう。根っこが腐っているのは、何も変わらない。

父は、母と同じような笑顔で、

「これが当たり前ですから、四歳になるので、これぐらいはできていないと

「……」

と、褒めてくる大人たちを上品な口調で振りほどいていた。母は、それに頷いていた。

だが、予想外のことが起きた。

それは、大きい物体を持った人が、親たちの前で質問をたくさんしてくることだった。

その大きな物体は真っ黒で、ボタンみたいなものを押せば一瞬で光るものだった。

「夫人、あなたには沙織様の前にも、お子様がもう一名いたということは本当ですか？」

大きな物体を持った人が母に言った。

「またあなたたちですか、いい加減にしてください！」

母は冷や汗をかき、沙織はそれを黙って見ていた。まるで、黙っておくようにと、とうの昔に躾けられたかのようだ。

「本当のことを言ってくれるまで、毎年この質問をさせていただきます。目撃証言があるんですから！」

「違います！」

もくげきしょうげん？

何だろう。

『も、くげき……しょーげ、ん、は。なぁにか、を、見た、ひぃとが、ほぉんと、のこ、とを、ホォんとのこと、に、する……ジョーほぅ』

突然、耳のすぐ後ろのところで春の声が聞こえた。比喩だけど、心が止まると思った、本当はもうすでに止まっているけれどね。春の柔らかい髪の毛が首元で僕をくすぐる。なんで気付かなかったんだろう。僕は呆れてため息をついた。

『春、付いてきたの？』

『うん』

『どうやって？』

『かぁた、に、のぉって』

『いつの間に……』

『ひ、かぁる、おばぁか、だ……かぁら』

『誰がバカだ！』

『ひ、かぁる』

目撃証言は、何かを見た人が本当のことを本当のことにする情報？

ややこしいな。少し理解はするけど。

『せ、ぇつめぃ、なぁが、く。なぁるか、ら、こまかぁく、い……わなぁい』

『わかった』

「そもそも、その目撃証言が意味不明なのですよ！　私が処分した自分の赤子を、瓶に詰めて橋の上で捨てた？　何で私が！」

母は、まだ怒っていた。

「この住宅地は、あなたのお家が管理している地域です。そりゃ、皆あなたの顔もわかるでしょう」

「誤った情報です、名誉毀損で訴えますよ！　私の初めての子は沙織で、その前の子なんか……」

その前の子『なんか？』

「いません！」

僕は黙った、心底諦めた。お母さんも、僕を否定するわけ？　愛していると言ってくれたのに、忘れないと言ってくれたのに？　お父さんは正直恨んでいるさ、そりゃ恨むよ。僕が死んだ理由の根源は、お父さんだからね。あんまりだ。

沙織は何も病気を持っていなかったから産んだの？

女の子だから？

でも、お父さんは男の子を欲しがってた。跡取りのためにね。男の子じゃない沙織は、何で堕ろさなかったのさ。男の子かもしれなかったんだよ？　僕。ねぇ。ねぇ。

『帰ろう、春』

『……か、えぇろ』

『もう、二度と、この家を家だと認めてやるもんか』

『さぉ、り、ちぃぁんは？』

『……このことを知ってて何も言わない妹なら、そんなのは妹なんかじゃない。

春、帰ろう、家に』

『……ぅん。ごめぇん、ね』

『うん。大丈夫。春は、僕のたった一人の兄弟だもん』

『せ、いぃべ、つ。わか、ぁんな、い……よ？』

『いいの。僕は春がいれば、それでいいの』

『……そぉ』

お誕生日おめでとう、沙織。でも、少し僕は君のことを哀れんでいるんだ。君が健康にこの家に生まれついたのは良かったことだけれど、生まれてきたからこそ不幸でもある。

だけど、君と僕は違う人間。思うことも感じることもまた違う。

僕が廉田家に来てからの五年、僕が学んだのは『廉田家の親のあり方』。どれだけ不幸となろうが、その亡くした子供を愛し、忘れず、他の子供も喜んで愛する。

たとえ、家が貧乏になろうが、子供のことを思い、家族のことを思い、乗り越えられる愛。

この家は、非常に脆く、愛に貧乏だ。

自分の利益のため、名誉のため、名をもらった生命さえも「性別がまだついていないから、生まれてきていないから」と、人間の枠から外し、何かの問題があれば、すぐにその邪魔なものを切り離す。自分の行動に責任も取らず、金と地位と権力と名誉で何とか汚点を消す。

正直、あの黒い物体を持った男に僕は憧れを抱いた。たとえ自分の利益のためであり僕の気持ちのためではなくても、表面だけでも思ってくれる。存在ごと消すこの親二人とはまったく違う。

招かれていない子供、僕はその類いだ。

招かれていた子供、春はその類いである。

だけど、僕たちは結局、自分が何なのかもわからず死んでしまった。

僕は父の圧力に影響され、第一人称が『僕』で変わらない。

春は春で、たまに『私』と言う。

自分が何なのかを決めて発言をし行動をしないと、やっぱり何か物足りないと思うのだ。

この家の大きな門を透けて通ることで、僕はあの家から離れた。

「ちょっと待って！」

女の子の声がした。

僕ではないな、どうせ。

「その黒髪の男の子！」

僕じゃないでしょ。

「ねぇってば！　こっちを見てよ！」

『うるさいな!!』

僕は振り返り、目を見開いた。

そこには、涙を流す沙織が立っていた。

「やっと、こっちを見た」

『……僕？』

「えぇ」

『見えるの？　僕が』

「うん……そのことであなたに質問があったの。あなたは誰？」

『……』

僕の頭は混乱していた。とてもとても、話す気分ではなかった。

なぜ見える？　何で聞こえる？

「ねぇ、答えてよ」

頬を膨らませ、沙織は少々拗ねた。

『光。名前は光。こっちの子は春』

春の顔が見えるように、春の体を支えながら体勢を少し変えた。小さな体の春は、小さな声で『こ、んにぃちわ』と言い、指を少々曲げた。挨拶の指印。それを見た沙織は顔を明るくさせた。

「こんにちは！　光君と春……ちゃん？　私の名前は」

『沙織。でしょ？』

「……知ってるの？」

『うん』

春が頷いた。

『それで、質問は何？　僕たち帰るところだったんだ』

止まっていて、何も感じないはずの心が痛む。

だって、実の妹だもの。

僕は見えるはずがないもの。

家族には見えて欲しかった自分の容姿、最愛の妹は見てくれた。

本来だったら、抱きしめて、泣いて、泣いて、泣いて。

ごめんねって、先に逝ってしまって、ごめんねって。

死を受け入れてごめんねって。

大好きだよって、何度もお誕生日おめでとうって言うのに。哀れんでいるなんて、僕の勝手の格好付けなんだ。

受け入れないで、聞かないで、見ないで、その自信があったから、そう思っただけなんだ。

大好きなのに。

最愛の妹なのに。

世界一のべっぴんさんの、自慢の妹なのに。

僕は突き放すんだ。

だって、絶対に有限の時間だもの。

期待させたくないもの。

せっかくの日に、悲しませたくないもの。

あなたの親が、僕の親が、僕を殺したんだと、言えない。

せっかくの日に、幽霊を見ているなんて、口が裂けても、腹が破れようとも、
断頭されようとも、針千本飲まされても、凍結されようとも、指一本一本抜かれても、またあの時の残酷な死を体験しようとも、言えない。言えない、絶対に。

何も言えない。

ごめんね、
本当に。

大好きな僕のたった一人の妹なのに、ごめんね。

沙織は僕の突き放しの言葉を真に受けて、僕がつく嘘をなんの疑いもなく受け入れて、焦っていた。だって、だって、だって、って言おうとしていた。やっぱり純粋な四歳児。

純粋なんだ、わがままなんだ、心が自由なんだ。これからだって自由になれるんだ。

それを聞いた沙織は焦ったように、

「でもパーティーはまだ続くよ！　美味しいご飯もたくさんあるし」

と言った。

『僕ら、招待された身じゃないのでね、怒られるのまずいから帰るよ』

「でも、あなたたち、幽霊でしょ？」

沙織は真剣な顔をして喜びの眼差しを緊張へと変えた。

逃げたくなった。

さっきまでの考えを、希望を、踏みつけたい。

泣きたい。舌が焼けるような、目が熱湯で蒸発するような感覚が欲しい。だけど引っ込めて、今すぐにでも針を刺したいこの舌で、この口で、僕はまた嘘を吐く。

『……どうしてそう思うの？』

少し彼女をはぐらかした。さすがに、誕生日に幽霊を見るのは不吉だろうから。

「誰も、あなたたちを気にしないもの。あなたたちだけよ？　白い古代風な着物のような服を着てるの。おかしいに決まってる」

『白いどれすを着る人はいるのに？』

「ドレスはいいの、正装パーティーだし」

『着物を着る人もいた』

「だから！　正装として着物を着る人はいいの！　古代的な着物を着る人はいないでしょ！　はぐらかさないでちょうだい！」

沙織は、また拗ねた。

「それに、あなた、血色悪そうだし……」

『……春、人の顔色のことを悪く言う時、何て言うの？』

『……さ、べェ、つ……？』

春は焦りながら「差別」という言葉を教えてくれた。

「これは、さ、差別なんかじゃなくて！　その、気になったの。あからさまな違う格好なのにみんなには気付かれず、血色も悪くて、ずっと怖い顔をしている。それに、名前が……」

『光、だけど？』

「……お母さん毎年、パーティー中にあの記者にいつもあぁいう質問されるの。私の前の子供を、つまりお兄ちゃんかお姉ちゃんを殺して捨てたんじゃないかって。そのあといつも『ごめんね、光』って、いっつも言ってるから、もしかしてあなたは私のお兄ちゃんかお姉ちゃんの幽霊なのかなって。誕生日を、祝いに来てくれたのかなって」

沙織は、苦しそうだった。肉体的にではなく、精神的に。それはそうだ、四歳の女の子に大人の云々を学ばせるから。

あの男は「記者」だったのか。

この五年間、いつもこの日に僕のことについて質問をしているのか。

ご苦労なことで。

『……違うよ。僕は君のお兄さんでもお姉さんなんかでもない。よく考えてみなよ、光なんて名前、探したらたくさんいるよ。夜空の星たちみたいにね』


たん！

春が少し怒っている。

――何で本当のことを言わないの？

春は、その言葉を口パクをして、顔をしかめた。

――もう関わりたくないから、縁を切っているだけだよ。

僕はそう返す。

たん！

また、春から怒りの指が鳴る。

「……そう、そうよね！　引き止めちゃってごめんなさい！」

沙織はまた悲しそうな顔をして、俯いた。

「また、来てね！　パーティーは結構たくさん行われるから。今度は怒られないように私が直々に招待してあげる！　どこに住んでいるの？」

どうせ、言うつもりなんかなかった。はぐらかして、僕はそのまま帰ろうと思った。だが、お母さんが沙織の肩に手を置き、しかめた顔で沙織に話しかけた。

「沙織さん、こんなところにいたの！　来客のご挨拶、まだ終わっていないでしょう。ご挨拶終わったらちゃんとこのパーティーを全員が楽しんでいるかをチェックしなさい。それと、グランドフィールド家のおぼっちゃまと、ちゃんと仲良くなっていなさいね」

「お母様、すみません……でも、お客様がお一人帰るご様子だったから、最後のご挨拶をしていたのです」

「この時間に帰る？　パーティーは始まったばかりではないですか」

「でも、ほら、あそこに」

沙織は僕がいた場所に指をさした瞬間、目を見開いた。

「あれ？　いない」


……だろうね。


母は母で、荒々しいため息をついたあと、沙織を睨み、手を引っ張りつつ叱っていた。

「グランドフィールド家のおぼっちゃまと仲良くなっていただかないと困るのです。この家の存続のためにもね。あなたのお遊びに付き合っている時間はないのです、沙織さん。真面目にこの家のためにグランドフィールド家と親しくなっていなさい」

かわいそうに、僕はそう思いながら帰り道を歩いた。

『た、いへぇん、だぁ、ね。おかねぇ、もち、のひぃと、は』

春がそう言った。

『めんどくさいだけだよ』

『へぇー』

春が僕の胸に顔をすり寄せた。眠たいらしい。幽霊でも、眠くなるんだなと思う瞬間だった。

「ずいぶん母親を嫌っているそうだね、そこの小魂《こだま》のお二人……と言いたいところだが、両親二人ともを嫌悪しているのは黒髪の子魂だけのようだ。どうなったらそれだけ破棄気を呼びつけるか、お兄さんに聞かせてはくれまいか?」

突然、誰かにそう言われた。あからさまに僕に話しかけていたその人間は、赤い目を持つ男だった。闇に染まった黒髪が風に流れる。電柱の高いところに腰掛けていたやつは、蝶のようにトントンと降りてきた。

そして、僕と同じ地面の上に立ち、ただ僕の顔を見つめた。

春の眠たそうな顔を見ると、その男は可愛い赤ん坊を見るような笑顔を見せ、僕が口を開くのを待った。

『君も、僕が見られるの？』

「あぁ、日常茶飯事にね。まぁ、仕事の一環でもあるからね」

男はそう言って優しく微笑んだ。神事や弔事で使う白装束の白い肌は、昼にはとても似合わなくて、だけど、徐々に夜になっていく内にやがて星空と一体になって絵になっていた。

黒い着物と黒い髪は空と馴染んで一つになる。血の色とも思える赤い目は、なぜか心地良い優しい色に見えた。

『あなたは誰？』

僕は警戒しつつ、いつでも逃げられるように足を構えた。それに気づいた男は軽いため息をつき、やれやれと言ったあと、割とあっさり僕の質問を質問で返してきた。

「いろんな名前で呼ばれるよ。君たちはどっちの名前で俺を呼びたい？」

『一番使われるやつ』

僕は答えた。

「んーじゃぁ、夜を見ると書いて、夜見《よみ》と呼んで」

漢字ってよくわかんない。でも、名前の意味は割とスッキリするほどわかりやすくて、理解しやすかった。

『夜見さん、破棄気と言うのは？』

僕は夜見が最初に言った「破棄気」という言葉が気になっていた。

「では、まず最初に、破棄とは何か知っているかね？」

『知らない』

僕は首を軽く横に振り、瞬きをせずにまた警戒をし続けた。そこで春が状況を瞬時に理解できたかのように夜見の顔を見ていた。

『や、ぶぅって、すてぇる、こ、と』

春の声がいつもより真剣で、警戒心丸出しだったことに僕は少々驚いた。僕の驚きを知りながら、春は僕のことを無視して、そのまま夜見を見張り続けた。男は、春の警戒ぶりを見るなり少々照れくさそうに笑い、

「そう。春ちゃん、よく知っているね。つまり破棄気と言うのは、破って捨てる

気の流れと言うこと。人間界では、破棄気というのは影響が強すぎて具現化することが多くなるから、『悪霊』と呼ぶけれどね」

と言った。

『じゃあ、僕は悪霊なの？』

「今は違うけど、まぁ、このままその豪華な破棄気をほっとけば、君はいずれ俺が退治せねばならない対象になってしまう」

春が今まで見せたことのない不安な顔を僕に見せた。指がパターンもなく動いている、やはり、何かに迷っているか。

『……僕は親に四回も見放された。一番最初は父』

「聞こう」

『僕が脳に何かの異常を持っていると知るなり、性別が分からない状態でも容赦はしなかった。すぐに僕の存在を消そうとした』

「母君は止めようとしたかね？」

『あぁ、最初はね。必死になって僕を守ろうとしたさ。でも喧嘩や怒鳴り合いで、お母さんは負けて、渋々あの父親に賛同したさ』

「それが二回目の否定？」

この五年間、ずっと抑えてきた嫌悪の感情が爆発しそうだった。真っ黒な闇の中、僕はそれを抑えるのに必死で、頑張ってきた。

僕の肉体が死んだ状態であっても、人間だと認めてくれた母に「忘れない、愛している」と言われたことを胸に、必死に縛ってきた殺意だ。だが、今はもう、どうでもいい。

「三回目は？」

『父親に燃やされた。僕の体ね、ホルマリンっていうやつに浸かっていたから、何日かたっても腐らなかったんだ』

「赤子の死体は腐りやすいからね」

『うん。あと鉗子に腕と足切り落とされてたから、余計腐りやすかったんじゃないかな。お母さんはずっと僕の体が入った瓶を大切に持ってたんだ。だけど、父がそれに怒ってね、暖炉に投げ入れたんだ。瓶が壊れたから僕の体、少々焼けちやってね』

「……」

夜見はとうとう何も言わなくなった。だが、四つ目の否定について、彼はやはり口に出して聞いた。

「母親が四回目の否定をしたのかい？」

『……あぁ』

今になって、その黒い沼のような怒りを解き放つのがめんどくさくなっていた。そういえば、お母さん、またお腹が膨らんでいたな。また、子供ができるのかな。

「捨てられたのかい？」

『……うん。この近くにある橋の下に流れる川に捨てられた。でも、最後に『許して』と言わずに、ただ謝ってくれていたから、僕は許していたんだ』

「さっき一緒にいた君の妹が仲良くならなければいけない相手、あれは将来婚約者として勝手に決められるよ。そのあとの子も、自由に恋愛なんかできない。家の利益のため、あの子たちは政略結婚の餌食になる」

夜見が空を見上げた、星がチカチカ光る。街の中に灯されていく家々の光も暖かく灯っていく。政略結婚って何？　と春に聞いたら、春は春ができる説明を僕にした。意味を聞いて、僕は絶望するしかなかった。そして、あの時死ねて良かったと、今までない以上に放心をした。

考えたくもない、ことだった。死ねて良かったと思う考えは。

『……沙織の四歳目の誕生日だから、春に行けって言われたんだ。だから来た。妹だし、まぁ、あの子の成長を見れて良かったと思うよ。でも、記者から僕のことを聞かれてお母さん、何て言ったと思う？』

「最初の子供は沙織ちゃん、その前なんかいない」

夜見さん、黒の人よ、死神様よ、何で僕に事実を喋らせるのだ。

もう、この世界で悔いることはほぼないのだ。

悲しいことに、僕はもう呆れることしかできないのだ。永遠とこの気持ちでいるのならば、その刃で、その満月より綺麗な鎌で、成仏できない僕に本当の死を与えて欲しい。

僕は喋り続ける。

煩悩を、憎しみを、彼に僕を祓わせる理由を与えるために、雨のように。

『そう。僕は、抹消されたんだ、お母さんからも』

涙が止まらなかった、この五年間、僕が泣いたのは僕が死んだあとたった一度だけだった。僕は春に嫉妬していた。春が死んだあと、廉田夫妻の愛は不滅だった。

でも、僕はどうだ？　消えたじゃないか。

「小魂はね、母体の中で性別がまだ不明な赤ん坊が死んでしまうことで生まれる幽霊なんだ。その幽霊は自分の母親を選ぶ権利をもらう。自分の母親の母体へまた戻ろうとする子魂もいるし、この人が母親だったら良かったのにという思いで別の母親を選ぶ時もある」

『だから何だ』

「俺がその破棄気をもらい受ける。その代わりに、君は春ちゃんとペアを組んでまた生まれ変わってきてほしい。記憶を覚醒させると同時にね」

『何で？』

「俺は君たちとは少々違う状況だったが、俺は自分のせいで親が死んでしまってね。正直今までずっと子魂は好かんかったんだよ。でも、最近それを直したほうがいいと言われてね、一人でもいいから子魂を助けてみろと任務づけられた」

『何で嫌いなの？』

「一番の理由は、君たち子魂と話していると、調子が狂うからだ。死ぬ直前は、世界の何も知らない無邪気な赤ん坊だったのに、いざ子魂となれば、一番子供離れした考え方に走る。生まれる前に死んでしまっているから、子供としての甘え、喜びや悲しみといった形無い感情は君たちの前では無意味だ。誕生以前の死を味わっている君たちだからこそ来る違和感が歯がゆくて仕方がない」

『じゃ、何で助けるの？　言われたから？　同情したから？』

「そうだね。言われたからでもあるし、同情したからでもある。光くん、君が生きている沙織ちゃんを哀れんだように、俺は君たち子魂を哀れんでいるんだ」

夜見と名乗った男はしゃがみ、僕と春と目を合わせられるように語りかけ続けた。

生まれて来られなかった僕が沙織を哀れんだ。

その理由は主に、僕は自分の親が好きになれなかったから。好きになれるチャンスを親自身が没収したから。

でも、沙織は僕と違って生まれて来れたのに、僕と一緒だ。

僕たちは、親の都合のいい道具だ。その「同じ」を、僕は哀れんだ。

夜見は、子魂が嫌いで、哀れだと思っている。

「俺たちの世界では、子魂は一番美しい霊体だと思われている。無知で、無邪気で愛の結晶でもある胎児の霊体だからだ。枯れることも、咲くこともない美しい花。何もない花だからこそ、そのままでいると悪い虫がつく。美しいからって放っておいて、気がつけば、一番醜くて哀れな霊体となってしまうのがオチだ」

「永遠に美しい花なんか、あっちゃいけないと、俺は思う。愛されて咲いて、辛くても立派に咲き抜いて、時期がくれれば、枯れればいい。美しさを偽った醜くて悲しみしかない永遠なんか、味わってはいけない。何の色もない完璧な世界よりも、いろんな色が咲く未完成な世界を生きたその魂で見てほしい」

夜見は、そのままそっと微笑んで、だから助けたいんだ、と言った。

僕は特に言い返すこともなく、思い浮かぶこともなく、頭の中に浮かぶ真っ白な光景を何とか変えようとした。

考えても、考えても、その白い景色に色はつかず、僕は泣きそうになった。

今までこんなこと、考えたことがなかったから、より一層、夜見の言葉が、頭の中に響いて痛く感じる。

春が僕の頬を手で撫で、何も言わなかった。

何も言わないでくれたから、僕は指をくるくる回した。

「考えて、くれたかな。僕は君たちを助けてもいいかい？」

夜見は静かに、ゆっくりと僕たちに聞いた。

でも、頭の使えない僕には、どうやったら救われたいと思えるのかわからなかった。ましてや、どうやったら人間にまた生まれ変われるのかもわからなかった。

自分のことを疑うくらいに、疑心暗鬼で僕の心は病んでいた。

「廉田夫妻の子供に、なりたくないかい？　光くん、春ちゃん。まぁ、君たちには性別はないから『くん』や『ちゃん』をつけるのは失礼なのかもしれないがね。でも、聞いてくれるだろう？　俺の願いだ」

流れる黒髪は、夜見が頭を下げると同時に綺麗な銀河にも見えた。


僕は春を見つめて、春も僕を見つめた。


『ひぃか、るは、わた、しぃの……から、だを、ささぁえて、わた、しぃがひぃか、るの脳に、なる』

春が出した提案はとてもシンプルで、脳が上手に扱えない僕は頷いた。

夜見は優しい笑顔を僕らに向けて、僕と春を抱きしめた。とても温かくて、優しくて、涙が溢れた。初めてだった、誰かにこんなに優しく抱きしめられるのは。

「ありがとう、廉田光君、廉田春ちゃん。生まれてきてくれて、ありがとうね。

助けさせてくれて、ありがとう」

愛の囁きはよく、いやらしいものだとたとえられる時が多い、でも、この真っ暗な闇に浸かった男の愛の囁きは純粋で、温かく、何よりも心を揺さぶる言動だった。

生まれてきてくれて、ありがとう。

その言葉は、僕にとって、誕生日おめでとうと同じぐらい嬉しい言葉だった。

助けさせてくれて、ありがとう。

郵便はがき

料金受取人払郵便

新宿局承認

1409

差出有効期間
2021年6月
30日まで
(切手不要)

160-8791

141

東京都新宿区新宿1－10－1

(株)文芸社

愛読者カード係 行

ふりがな お名前		明治 大正 昭和 平成 年生 歳
ふりがな ご住所	□□□-□□□□	性別 男・女
お電話 番号	(書籍ご注文の際に必要です) ご職業	
E-mail		
ご購読雑誌(複数可)		ご購読新聞 新聞

最近読んでおもしろかった本や今後、とりあげてほしいテーマをお教えください。

ご自分の研究成果や経験、お考え等を出版してみたいというお気持ちはありますか。

ある　ない　内容・テーマ(　　　　　)

現在完成した作品をお持ちですか。

ある　ない　ジャンル・原稿量(　　　　　)

書　名				
お買上 書　店	都道 府県	市区 郡	書店名 ご購入日	書店 年　月　日

本書をどこでお知りになりましたか?

1.書店店頭　2.知人にすすめられて　3.インターネット(サイト名　)

4.DMハガキ　5.広告、記事を見て(新聞、雑誌名　)

上の質問に関連して、ご購入の決め手となったのは?

1.タイトル　2.著者　3.内容　4.カバーデザイン　5.帯

その他ご自由にお書きください。

(　)

本書についてのご意見、ご感想をお聞かせください。

①内容について

②カバー、タイトル、帯について

弊社Webサイトからもご意見、ご感想をお寄せいただけます。

ご協力ありがとうございました。

※お寄せいただいたご意見、ご感想は新聞広告等で匿名にて使わせていただくことがあります。

※お客様の個人情報は、小社からの連絡のみに使用します。社外に提供することは一切ありません。

あの言葉は、夜見にとって、どんな重さがあったのだろう。なぜ、軽く聞こえても、とても重く大事に受け止めたのだろう。

僕たちは、さっきまで信用しなかった黒い彼の背中を抱きしめ返した。

僕たちの後ろから感じた温かい水滴のことは、何も言わずに。

夜見は、指をくるくると回して、僕たちに『本当の美しい花』になれる方法を教えた。

僕は春と家に帰った。廉田夫妻がご飯を食べながら、笑顔を家の中に広めている。

廉田めいが生まれた方法はとても簡単だ。ただ、廉田お母さんを春と抱きしめて、「お母さん、産んでくれてありがとう」と、言っただけ。

本当に、それだけ。

だから、私はあの人が怖くないの。
私には春の天国に導いてくれる黒い神様の光があるから。

「ハッピーバースデー」

了

余談

無邪気なあの子

自分の置かれた状況を私は自分の目ではなく、察することでわかっていた。

見える光景は、前は何もなかったけど、今は違う。目を閉じて、意味もなく鼓動を胸の中で鳴らすのは、なぜか忌み嫌われていた。

忌み嫌われていなかったのかもしれない。

でも、ママに悔やまれたことはわかる。

今は、赤茶色の空間を優しく感じることはなくて、はっきりと、色のついた世界で、私より元気がないママの姿を見ていた。

痩せて、俯いていて、座り込んでいるママ。

散らかりを放置された暗い部屋の中にいるのはママ一人だけ。

でもね、テーブルの上はきれいにされていたの。新しく買ったと思うテレビの画面は壊れていて、ご飯を作るためにあるはずのキッチンにも、置いてあるのは壊れたお皿とコップだけだ。電気もついてないから、せっかく色が入った世界を見られても、黒白な殺風景な景色。

殺風景なのは、きれいなテーブルの上も一緒。


瓶があった。

お花が飾られていた。

だけれど、きれいなお花ではなくて、枯れたお花。

胡蝶蘭、菊、カーネーション、ユリ、そしてデンファレ。種類があっても、全部白い。

ママは、そのお花をずっと見つめていて、私を見る気配はなかった。何日も、そのお花を見つめていた。


『かわいそう』

本当は私が言われなければいけない言葉を、私はそれをママに向けて言った。

ママは泣くこともなく、ただそのお花たちを見ていた。ママの家に、この前「遊びに来た」大人の女の人が連れてきた子供が遊んでいたお人形ハウスに設置された人形みたいに、ママは動かない。

『泣いてよ』

少なからずの文句を、私は小さく口を開いて言った。こうなることを決めたのはママじゃない。私がいないこと、寂しくないの？

それでも、ママは動かないまま。

お人形ハウスに設置された人形は、髪もきれいで、服も可愛くて、目は空から落ちて来たお星様が宝石になったようにキラキラしていた。私も、遊んでみたかったな、キラキラしている彼女と。

だけれど、今のママみたいなお人形は嫌だな。

ママの肩を撫でてあげたかった。もう何日も座り込んでいるから、落ち込んでいるから。何に落ち込んでいるのかは、明白だった。

ママは、何週間か前に私を殺すことを決めたの。

病院みたいなところに行って、ママは、いろんな怖い人たちに悪く見られて軽蔑されても、私を別の形で産むことを決意したの。でも、私は生まれては来なかった。

『別の形』って言ったでしょう？

細長い冷たい何かで、足を引き抜かれた。

そのあとは、腕とか、お腹とか、首とか、頭とか。

痛かった。泣けなかったから、逃げたかったけど、できなくて、私は赤茶色の世界から離れた。

脳が千切られた時の瞬間が、自分の理性を紙のように破いているようで、気が狂いそうだった。安心の場が、どこにも逃げられない迷路と化したんだ。

今はもう、その痛みを思い出すことはできない。でも、それは今は別にどうでもよかったんだ。殺された直後は、殺された実感がなかったんだもの。

さっきの痛い地獄は、生まれてくる時の痛みだったのかな？

自分が生まれてくるって思っていたから、生まれたことなんてなかったから。最初は怖くて、死にそうなくらい痛かったけど、それでも我慢した。

それが「生まれてくる」ということだと、当時はそう思っていたから。


ママはどんな顔をしているのかな？

喜んで抱きついてくれるかな？

今から行くからね！

そう思いながらの我慢大会。

目を開けて、初めて世界を見渡した。
最初は、私もびっくりした。
色とかも、はっきりしていたから。

『ママ！　今日は私の誕生日！　初めましてママ！　産んでくれてありがとう！』
心の中でそう言いながら、私はママのほうに駆け寄って、満面の笑顔で抱きしめた。
でも、すぐに抱きしめられていない現実を、自分の体で知ることになった。
笑顔が、すぐに消えた。

そのあと感じた感情は、絶望だった。


ママの顔に張り付いた絶望は、疲れ切ったからだと思ったの、最初は。

でも、真実は嘘よりも恐ろし。無残に引き千切られた自分の体を見た時、すべてを察した。

ママの絶望した顔の理由も。

枯れ果てたママの目も。


『私を殺したの？　ママ』

私が発した第一声はめでたい赤ちゃんの泣き声ではなく、信じられないほど殺意が湧いた一言だった。

ママね、ありえないの。本当に非常識。ひどいし、最低。

でも、仕方がなかったのもあるの。

ママのせいだけど、ママのせいじゃない。

ママとパパ、どっちが悪いかっていうと、私からしてはパパかな。

だって、お父さんね、ママと結婚しているんだけど、私の「パパ」はママと結婚していないの。


性欲的、暴力的、強引で無責任な「私のパパ」は、私がいたこともわかっていない。ママがその人と会った出会い始めはね、私が死んだ三ヶ月ぐらい前。

パパは、ママを見かけたその日に、ママをひどい目に遭わせた。

その二ヶ月後に、ママは私の存在を知った。

知った次の日に、ママは私のことを殺した。

私のパパじゃないママと結婚しているお父さんは、私の死を知って、数日後ママにある紙を渡して、家から出て行った。

ママは、その紙にすがりつきながら、泣いた。

私のことではなくて、「お父さん」がママから離れていったことで、ママは泣いていた。

よくわからない話だよね？

私には、よくわかる話だけど。

だって私には、頭におかしいところも、体にもおかしいところはない、健康な幽霊だもの。

性別がわからないだけ。

でも、男の子でも、女の子でも、あの酷いパパの子供でもある「私」は欲しくなかったみたい。

　ママはね、強姦されたんだよ。

お父さんは、いい人みたいだったのに、ママの話を聞こうとしなかった。
いい人みたいだったのに、ママにひどいことを言って捨てた。

私はね、ずっと、それを見ていた。

「違うの！　私は、無理矢理されたの！！」
「中絶のことも、強姦されたことすら俺に教えないまま、中絶を勝手にして、そのままやり過ごそうとしたお前のことは、俺はもう信じていけないし、やっていけない」

お父さんは、ママを蔑んだ目つきで振り払った。

「私だって、あなたに迷惑を掛けないようにって思って……！」

「産んで、そのまま養子に出せばよかったじゃないか！」

話の内容は、聞きたくなかった。だって、そのあと、ずっと叫び合ってて、耳が痛くなりそうだったんだもの。ボロクソの部分はね、お父さんがママに自分と離れられるように、ひどく言ったと思うんだ。

「これにサインするか、お前が冷静に頭を冷やしてくるまで、俺はこのアパートから出て行く。とりあえず、自分がしたことをきっちり考えろ」

ドアを閉じる間際、お父さんはママに振り向いて、一言冷徹な声のトーンで言った。

「一人の人間を殺しているんだからな」

そして、今の状況に戻る。

「私が間違っていたのかな。あなたを産むべきだったのかなぁ」

静かな部屋の中でママは言った。

『そうかもしれないね』

ママに届くはずがない声が、無意味に私の口から出された。

「秋人《あきひと》さん、ひどく怒っていたな」

枯れた声をしたママが、私がいたはずのお腹をさすっていた。

「ごめんなさい」

枯れた声が震えて、凍った目に涙が溢れ出ていた。

ママが悪いわけではないって、私だってわかってる。

何週間前かは、右も左もわからない赤ちゃんだったけど、今は違うもの。死んでしまったから、普通の子供だったら思わないことを、思ってしまう。

生まれて来られなかったから、難しい言葉も、感情も、勝手にたどり着いてしまう。

でも、考え方はどうでもいい。性別は、女の子か男の子かもわからなかったから、二ヶ月間ぐらいは待ってほしかったけど。でもね私、自分は女の子だと思うんだ。だから、こうやって、ママに同情ができるもの。

ママは泣き声を隠さないで、花瓶を抱きしめながら泣いた。

あの大人の女性が、ママにあげたお花。


大声あげて、泣いた。

私は、ママを抱きしめた。

ママと一緒に泣いた。


私のせいじゃなかった。

ママのせいでもなかった。

お父さんも悪くなかった。

お医者さんも悪いことはしていない。

時間は過ぎて、ママはお父さんと何週間後ぐらいに連絡を取って、会った。頭を深々と下げて、涙を流した。お父さんは悲しげに微笑んで、ママを抱きしめた。

「お前のほうが俺よりつらかったよな、言い過ぎた」

と言って。

それからママは、お父さんとまた一緒に暮らし始めた。散らかった部屋をママは、お父さんと一緒に片付けて、また謝り合った。

心の底から、

『よかった。本当に』

と思った。

私はその日、ママの元から離れた。
もう、一緒にいちゃだめかなって思ったから。だって、私はお父さんの子供じゃないもの。疫病神みたいな感じでずっとついて行くの、だめかなって自分で思ったの。間違ってはいない考えでしょう？

その日の夜は、黒の晴天。
星は、野原を駆ける白狐《びゃっこ》のようで、今日は特別な日なのだと思った。
そこで、黒服を着た男性と出会った。
電柱の上のほうで古い本を読んでいて、たびたび何かを書き込んでいた。
彼を見つめていた私に気づくはずがないのに、彼は、こんにちはと、私に喋りかけた。
「君が桜田家の桃ちゃんだね？」
『桃ちゃん？』
「うん、君の名前。子魂になったのは……その様子だと何ヶ月か前だね。君、今回初めて成仏しようと思ったろう?」

『えぇ、そうだけど。私に名前なんかあったの?』

「あったよ、桜田家のご夫妻は女の子の子供を授かったら『桃』っていう名前をつけるつもりだったらしいから」

『なんでそんなことを知っているの?』

「死神だからさ。死んでしまった魂のことはなんでも知ってる」

『へぇ、死神に名前はあるの?』

「いっぱいあるよ、よく呼ばれるのは、夜を見ると書いて夜見さ」

黒の神様は、すごく綺麗で、死神だとは思えなかった。だから耳を何度か疑った。私に何の用?　って聞こうかなと思ったけど、彼は私に用はなさそうだった。

『誰かを待っているの?』

「うん、別の子魂。二人組なんだけど、そのうち一人がちょっと危なくてね、転生を手伝ってあげに来たんだ。君は手伝いは必要ないでしょう?　君に破棄気は無いようだから」

『私以外にもいるのね』

「生まれることなく死んでしまった胎児は水子。子魂はそれと同じとも言えるけど、性別がないという時点で少々違いはある。その違いは上の人々しかわからない」

『あなたは？　違いはわかるの？』

「僕は、失敗作だからよくわからない」

『何の？』

「知らないほうがいいよ」

後ろめたいことがあったのだろうか、真っ白い肌が一瞬曇った。

俯いた表情に、私は何とも言えなかった。

「君は？　家族の元へと帰らないの？」

『え？』

「待っているよ、君のママとお父さんが」

それを聞いて、私は、帰り道を振り返った。

これから進もうとしていた道が暗くなった気がして、先に進められないような気がした。

帰り道が、私の道を照らしていて、それが私がさっきまで辿っていた道だった。

でも、今では帰り道。

夜見はお家へお帰り、と言わんばかりの穏やかな表情で頷いて、私は微笑んだ。

『結局、私のことも手伝っているじゃない』

綺麗な白い花のつぼみたちが様々な色の花たちに咲いていく。

帰り道で吹いた風が、私が流した涙を拭いてくれて、現実味のない幻想的な空に、私が一番好きな本当の夜空が顔を出した。

後ろを振り返ってみると、夜見の姿はなかった。

その二人組の子魂を手助けしに行ったのだろうか。

家に帰ると、ママとお父さんが静かに寝ていた。私は二人の間に入って、願った。

今度は、ママが悲しい思いをしなくていいように。
お父さんが、私のパパになってくれるように。
私が、この二人の娘になれるように。
あの二人も幸せになれるように。
夜見さんも、

なれますように。

あとがき

この度は『子魂の花』を手に取ってくださり、誠にありがとうございます。

いつもは他者目線で小説を書くため、いざ自分目線であとがきを書くと決めたら緊張して、言葉が選べない状態に私は今います。ですが、この場を有効に使い、この小説に込めた思いについて、少しばかり、書かせていただこうと思います。

父の仕事で、小学校六年生の時に私は中国に引っ越しました。なんやかんやで中国に住んで三年が経ち、何故かは覚えていませんが、小説を書き始めました。多分、絵を描くためのアイデアがなくなって物語のメモを書いていたら、いつの間にか小説という形になっていたからだと思います。

母に「いいんじゃない？」と言われて、趣味として執筆を始めました。

インターネットで自分の長編小説を投稿したり、絵をＳＮＳで共有したりと、行動は中途半端なものばかりで、出版社に送るという大きい行動はしていませんでした。

趣味の長編をインターネットで書いていくうちに、どんどん文字の表現が楽しいと感じていました。哲学や心理学、いろいろなものに興味も持ち、小説のおかげでたくさんの情報を学びました。『小説家になりたい』と思い始めたのは中学二年生頃です。

受験を控えた中国最後の一ヶ月で、私は初めての短編小説を書き始めました。それがこの小説、『子魂の花』です。

メモソフトを開いて、「冷えた夏の昼間だった」と書いて、物語を書き始めました。

「中絶」や「流産」というテーマを決めたのは、最初からではなく「普通の子供だったら橋から突き落とされそうになったら悲鳴をあげて抵抗をするから、まだ生まれていない、だけど死んでる」というプロット作りがこの二つのテーマにたどり着かせました。

中絶も流産も経験したことのないくせに、世間知らずで、生意気なのかもしれません。ですが、どちらも経験したことがない子供だからこそ、その両方を親目線で最初から経験することすらできない主人公たちの気持ちを想像することができると結論し、この小説を書きました。

もちろん、中絶や流産が起きてしまうのは親のせいではない時もあります。むしろ、主人公の親のような方々は少ないのではないでしょうか。いたとしても、『子魂の花』が掲げているテーマに対する伝えたいメッセージは「責任を取る覚悟を持つ」ということは変わりません。

流産で亡くなった赤ん坊も、人間。

中絶で亡くなった赤ん坊も、人間。

彼らがこの地で息をする機会がなかったとしても、人間です。主人公の光と春は死因と家族が違えど、人間としての思いを宿らせる魂があるように、生まれてこられた私たちもそれがある。生まれてこれなかったとしても、否定はしてはいけない。死んでしまっても、心の中では生きている。醜くても美しい花のような彼らの『子魂』としての生き様をこの小説に書いたことを本当に良かったと感じております。

文芸社様には、この思いを一冊の本にする機会を与えていただいて、心より感謝しております。

この一冊を手に取っていただいた読者様も、本当にありがとうございました。

秋村遊より

この物語はフィクションであり、実在の個人・団体などとは一切関係がありません。

著者プロフィール

秋村 遊（あきむら ゆう）

2003年12月12日生まれ
アメリカ合衆国出身
現在、高校一年生、東京都在住
中学三年生の時に『子魂の花』執筆

twitter：@utsudaraseijin

子魂の花

2020年３月15日　初版第１刷発行

著　者　秋村 遊
発行者　瓜谷 綱延
発行所　株式会社文芸社
〒160-0022 東京都新宿区新宿1－10－1
電話 03-5369-3060（代表）
03-5369-2299（販売）

印刷所　株式会社フクイン

ISBN978-4-286-21341-5